KB060328

청어詩人選 353

그
음성을
향해

김진수
세 번째 시집

청어

그
음성을
향해

김진수
세 번째 시집

그 음성

짙은 패배 의식 깨뜨리며
그해 7월 5일 소여리에 울렸던
나지막한 그 종소리

보조개 깊게 팬 동순 누나
환한 미소로 부르는
부드러운 그 목소리

널따란 서촌 들녘과
금빛 찬란한 무기마을 사람들
풍요로운 그 노래

북향한 물길 따라 흘러갔던
가난한 시인 붙들고 있는 어머니의
자애로운 그 기도

햇사레 복숭아처럼 발그레한
풋사랑 여인과 나누던
달콤한 그 밀어

그 음성(音聲)을 향해
그 음성(陰城)으로
간다

'상상대로 음성' 지역문학 이정표로 문화발전 기여

조병옥 음성군수

　김진수 시인의 세 번째 시집『그 음성을 향해』발간을 축하드립니다. 김 시인은 금왕 푸른숲교회 목회자이며, 또 음성지역 대표 언론인 음성신문 기자로 활동하고 있습니다. 김 시인은 그동안 목회자적 자세와 기자 정신으로 여러 차례 음성군 구석구석을 찾고, 다양한 사람들을 만났습니다.

　이 시집에는 김 시인이 살고 있는 음성군을 향한 따뜻한 마음과 애정이 담뿍 담겨있습니다. 이에 그치지 않고 김 시인이 펼쳐가는 문학적 상상력을 통해 생생한 음성군의 모습과 군민들의 생생한 목소리가 담겨있습니다.

특히 이 시집은 민선 8기 음성군이 추진하고 있는 대한민국의 중심 '상상대로 음성'이라는 슬로건 아래 음성군정과 맥을 같이하고 있어 반갑습니다.

이번 시집이 김 시인 개인의 문학적 성취를 넘어, 음성군 문학의 보물로서, 지역 문학의 다른 이정표를 제시하고, 나아가 음성군 문화발전에도 나름대로 기여할 것이라 생각합니다.

김 시인의 건강과 행복한 삶을 응원하며, 목회하는 교회와 음성신문 기자로서의 활동을 통해서 음성군이 더 행복해질 수 있기를 바랍니다. 앞으로도 끊임없는 연구와 사색, 그리고 상상을 통해 김 시인이 음성군민을 비롯해 많은 사람에게 감동을 주는 작품을 쓰기를 기대합니다.

음성군 모습과 군민의 소리 읽는 기쁨

안해성 음성군의회 의장

천고마비(天高馬肥), 결실의 계절 가을입니다. 교회 목회자이며 음성신문 기자인 김진수 시인이 세 번째 시집을 발간했습니다. 11만 음성군민과 함께 시집 발간을 축하드립니다.

시집 제목이 『그 음성을 향해』입니다. 제목에서 짐작할 수 있듯이, 그동안 김 시인이 쓴 작품들 가운데, 이번 시집에는 음성군과 관련된 내용들만 모았습니다. 따라서 이 시집을 펴면, 음성군 9개 읍면에 속한 마을 구석구석을 찾은 시인의 발자취를 만날 수 있습니다. 또 시인이 오른 산, 시인이 걸은 하천과 둘레길, 방문했던 가게 등에 대한 이야기와 시인이 느낀 정취를 읽을 수 있습니다. 심지어 시인이 스치듯 만났던 음성 사람들에 대한 따뜻한 이야기도 담겨있습니다.

이 시집을 통해 시인이 우리 지역 음성군을 얼마나 관심을 갖고 사랑하는지를 저는 짐작할 수 있었습니다. 그리고 이 시집이 시인 개인의 문학적 성취를 넘어, 음성군 정체성을 담은 우리 지역 문학의 소중한 자산이 될 줄로 생각합니다. 그야말로 이 작은 시집을 받는 순간, 다양하고 풍성한 음성군을 선물로 받는 것이라고 감히 말씀드립니다.

김 시인 가정과 하는 일에 무궁한 발전을 기원하며, 더욱더 좋은 작품으로 우리 지역 문학을 빛내고, 군민들에게 기쁨을 줄 수 있기를 기대합니다.

생생한 정취 담은 시편들 음성군 정체성 확립

임호선 국회의원

등화가친(燈火可親)의 계절을 맞아 김진수 시인의 세 번째 시집 『그 음성을 향해』 발간을 축하드립니다. 이 시집에는 음성군 각 지역의 정취를 느낄 수 있는 작품들이 담겨있습니다. 최근 문학계는 지역의 고유문학을 재조명하고 지역 문인을 발굴하려는 시도가 이어지고 있기에, 이번 시집 발간이 더욱 뜻깊습니다.

지역성은 문학작품에서 뗄 수 없는 요소입니다. 문학작품에는 작가가 사는 지역의 특성이 녹아있습니다. 그렇기에 지역 문학은 지역의 역사와 문화를 재조명하고, 때로는 작은 공간에서 일어나는 일들로 사회 전체를 비추며 독자로 하여금 지역의 문화를 마주하는 거울이 됩니다.

음성군의 생생한 풍경과 삶을 담은『그 음성을 향해』발간과 함께 문학을 통해 음성지역의 정체성을 확립하고 지역적 가치를 지켜내려는 시도들이 더욱 많아지기를 기대합니다.

시는 짧은 문장으로도 큰 감동을 선사하지만, 시어 하나에 이야기를 모두 담아내기 위해서는 시인의 끝없는 고뇌가 필요합니다. 독자 역시 시인이 정제한 언어를 풀어내며 깊은 대화를 시도해야만 비로소 그 의미를 정확히 이해할 수 있습니다.

시를 읽는 독자가 함축적인 단어 속에서 세계를 느끼듯이, 음성군민이 이 시집에 담긴 넓은 음성을 느끼고, 우리 지역에 큰 애정을 갖는 계기가 되기를 바랍니다. 다시 한 번 시집 발간을 축하드리며, 김진수 시인의 내면과 삶을 느낄 수 있는 풍부한 예술 활동을 기대합니다.

차례

I. 산기슭 잊혀진 전설을 빗질하고

II. 바람과 구름이 흐르고

Ⅲ. 촉촉하고 담백하고 고소하지 않니

Ⅰ.

산기슭 잊혀진 전설을 빗질하고

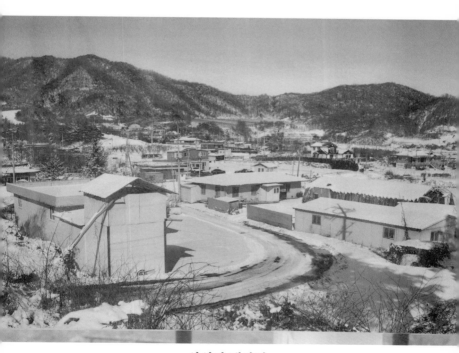

삼성면 대야리

오리골에 여름이
－음성읍 석인1리

충북선과 516번 도로와 나란히 달려가는 음성천
평석교 밑에선 까모잡잡한 아이들 멱을 감는다

간간히 지나는 열차 소리에 웃음을 말리고
다리 난간에 걸린 옷들이 수신호 보내고
햇살 쏟아지는 직선도로 위를 달려가고
골짜기 녹음 속에 이무영* 생가 숨어 있고

*이무영: 음성군 출신 농민문학가. 뒤늦게 친일행적이 밝혀졌다.

거문거리의 가을 아침

－음성읍 삼생1리

거문고 고리처럼 생긴 뒷산에서
아침햇살 비치면
마을 앞을 지키는 느티나무 가지에 까치집이랑
마을 구석구석 집집마다
오색 옷 갈아입은 가을이 방문했다고

장 이장 걸쭉한 방송에
꼬장꼬장한 어르신들 입가에 희미한 미소가
소여산 자락도 장 장군 정려문도 흐뭇하다고

동음리
―음성읍 동음1리

보현산 소속리산 함박산 자락이
푹 감싸고 있는
창골로 들어간다

그대여
겨울 소리가 들리는가

바깥서미 아채창골
정겨운 이름들 구석구석 숨어
쥐꼬리만한 햇살 아래 누웠구나

지난(至難)한 계절
묵묵히 견뎌온 사람들에게
산골 마을은 어떤 겨울 이야기를 들려주는가

다부내의 여름

-금왕읍 봉곡2리

그 마을에도 성큼, 여름이 찾아왔다
호젓한 안다부내 기슭 성 이장 집 뜰엔
붉은 접시꽃 한 무더기 피고
사금천 둑방엔 버찌들로 까맣게 얼룩지고
노랗게 익은 살구 속살에 꼴깍 군침 삼키고
하루 종일 온몸으로 뜨거운 햇살 받는 느티나무
축축 팔을 늘어뜨리고
며칠 전 모내기 끝낸 아랫말 논배미에선
벼 살찌는 소리 들리고
박 교수 한옥 담장 밑으로 채송화가 피어나고
하얀 모자 원피스 차려입고 외출한 여인
빨간 입술이 앵두처럼 윤기가 돌고
소속리산 품에 안긴 오양골도
녹음으로 짙게 물드는데

도토리 마을을 찾아

-금왕읍 금석2리 다람쥐골[*]

도토리 지천으로 나뒹구는
마을로 간다

도토리 키 재듯 고만고만한 삼형제가
묵밥으로 든든히 배 채우고
나무길고개[**]를 작대기 두들기며 넘는다
상수리나무 울창한 푸른 숲속 끝까지
옻샘[***]에 세수한 다람쥐들과 도토리 줍다가
키득거리며 돌아온다
고속도로가 뚫리고 고층 아파트 들어서고
학교와 체육공원으로 찾는 고독한 이들은
까마득히 잊었다

도토리가 토실토실 영글어 가는
마을로 간다

[*]다람쥐골: 금석2리 바드실에 있는 다람쥐가 많았다고 전해지는 골짜기.
[**]나무길고개: 금석리에서 생극 오생리까지 나무하러 다니던 길.
[***]옻샘: 금석2리 바드실에 남쪽에 있는 샘. 옷 오른 데나 피부병에 좋다고 함.

풍산장미아파트

-금왕읍 무극5리

용담산 자락이 쭈뼛쭈뼛 시내 도로까지 나왔구나
딸랑 한 동, 150여 가구 아파트 키를 놓고
아름드리나무 그늘 속에서
화목한 주민들 담백한 웃음은
입주 준비하는 읍청사 공사장까지 넘어오고 있었다

풍산장미야, 너
지역의 푸른 오아시스로
건강한 대지의 허파로

윗볕돈^{*}마을

-소이면 충도3리

상양전 마을로 가리
가을 오후 햇살 함뿍 머금고
폐교 운동장에선
어른이 된 학동들의 소박했던 꿈들
억새풀 키를 높여 담장을 넘고
좁다란 언덕길 가생이로 소풍 나온
콩 들깨 빨갛게 달랑거리는 고추들
머리를 맞대며 히히덕거리기도 하고
듬성듬성 모여 앉은 둥근 무덤과 수다도 떨면서
열네댓 그루 느티나무 그림자랑
사방치기 하듯 툭툭 시간을 차던
운동회를 추억하는
상양전 마을로 가리

*윗볕돈: 소이면 충도3리 옛 지명인 '상양전'에 대한 우리말 이름.

갑산마을에서

-소이면 갑산1리

탑골에 세워진 7층탑을 돌던 모정(母情) 못잊어
대처에서 들어와 정자 안에 자리를 틀었다
조상들 숨결 살아있는
거북놀이로 이웃과 정겹게 어우러진다
묵정밭을 일궈 심은 나무마다
싱싱한 체리가 환한 웃음으로 매달렸다
학교를 마친 아이들 재잘대는 웃음소리가
봉산연못을 건너 권길 충신각을 돌아온다
마을 곳곳에서 묵묵히 시간을 지켜온
느티나무 은행나무의 고독
푸른 그늘로 짙어가고 있구나

원남테마공원에 여름이 왔다

-원남면 조촌리

햇살 작열하는 정오
대지를 뜨겁게 달구는 열기
훅훅, 숨이 막힌다
늘어진 나무 그늘로
더위를 피해 들어왔건만
한 뼘 응달도 소용없구나

저 멀리 물안개 걷어낸 저수지
물결만
햇살에 비춰 눈이 부시다

혁신도시 희망을 마주하다

-맹동면 쌍정2리

북쪽 언덕 너머
덕산-금왕 간 도로엔 차량들 지나고
들녘에서 반짝이는 비닐하우스 속엔
부농의 꿈 탐스럽게 영근 수박이 자라고
배미들에서 평생 농사짓던
선녀골 늙은 농부 순박하게 웃고

소속리산 함박산을 넘어온 햇살이 주목하는
두성부터 석장까지 펼쳐진 벌판
신도시를 건설하는 희망과 설렘
지척에서 바라보는 마을

거기, 네가 선 곳은 어디냐?

큰누나 사는 마을
—대소면 삼정1리

화염병 내려놓고
백금재를 넘어도
청년에게선 최루탄 냄새 가실 줄 몰랐지
굽이굽이 오솔길 지나
지친 그림자를 끌고 들어서는 막둥이를
'애기야' 하며
미소로 반겨주었던
원숙한 큰누나 품 같은 마을
까치발 세우면 읍내를 넘겨다볼 수 있을 만큼
구릉이 납작 엎드렸던 마을
온종일 빈집 지키며 읍내 나간 엄마를 기다리는
조카들이
지금도 해를 따라
깨금발로 총총총 뛰놀고 있겠지

작은 변방마을 살천이에서

－대소면 내산1리

여긴

대소 사람도 이월 사람도 거들떠보지 않던 변방

들어와 살기보다 하루 멀다 하고 떠나는 이 많던 시골

평생 허리 펴지 농민들 땀내 쩐 가난이 가득 펼쳐졌던 들녘

한 마을에서 다른 주소를 가진 아픔 오랫동안 삭여온 민초

들 터전

동서고속도로 나들목이 생기고 청주－양지 간 도로 뚫리고

마을 구석구석에 공장들이 들어서면서

새 역사의 중심을 향한 작은 비원은

실원천 맑은 물살에 실려 무장무애 금강으로 흘러간다

미산소나무

-대소면 내산4리

살천이로 넘어가는 길 언덕
노파처럼 꾸부정하게 엎드린 소나무여
그대 외로운가
무얼 하고 있는가

대소 오미장은 까마득하고
광혜원과 이월 역시 만만찮아
그댈 잊었는가
찾아주는 이도 없는가

마을 감도는 침묵과 정막
목쉰 삽살개 짖어대고
일하러 간 엄마 찾는 아기 칭얼대고
칠장천 물결 간지럽히는 바람
어느 것 하나 놓치지 않고 귀담아 보려고
그대 굵은 등줄기 꺼죽에
딱딱하게 껍질만 얹혀 있구나

안산마을

반도를 뒤흔든 포성의 잔흔은
어디 있던가
마이산 발치부터 쇠머리까지 넓게 펼쳐진
안산 들판 적시던 성산천으로
피난민의 남루한 눈물 흘려보내기를
몇 해였던가
안 산다고 안 산다고 타령하던
그 곡조도
어디 있던가
시루떡 얹은 아궁이서 연기 피우듯
넉넉한 사람들 온기
비닐하우스마다 가득한 안개
뿌옇게 마을을 덮고 있는데

삼성휴먼시아아파트
―삼성면 덕정10리

훅~
바람이 머문다
마이산을 넘어온 북풍
새롭고 싱그러운 바람

몇 년 전만 해도
아니 지금도 종종 그렇지만
먹고 살기 위해, 좀 더 나은 삶을 위해, 자식 교육을 위해
대처를 향해 일죽으로 넘어갔던
초조한 눈빛을 따라 밟으며 멀어졌던 발길들

이제
고속도로가 뚫리고
구석구석 산단이 생기고
농장과 공장들 세워지고
일자리가 많아졌다며
오랫동안 별러왔던 귀향의 바람
여기 모였다

마이산과 덕다리 호수에
향악당과 체육공원, 체육관이 들어서며
여유있게 됐다고
나들목과 면사무소와 학교와 시장과 은행과 터미널이 가
까워
편리하다고
소박하게 설계하는 휴머니즘 미래
여기 모였다

연골(燕谷)마을
－대소면 부윤1리

앞산 닮은 제비가 날아올 것만 같지
어미가 주는 먹이 받아먹으려고 쩍쩍 입을 벌리지
주둥이로 물고 온 박씨로 부유하고 윤택했지

푸른 햇살이 뛰노는 학교 운동장에선
아이들이 꿈을 키우고
벼락 맞은 느티나무 기우뚱한 그늘 밑에는
길고양이 너댓 마리 가늘게 뜬눈으로 낮잠을 청하고
골목 끝에 기다리는 진료소는
100세 인생을 준비하는 사람들 건강하게 손짓한다

실개천은 남쪽으로 유유하게 길을 만들고
차량들 분주하게 지나가는데

덕다리에서

−삼성면 양덕3리

덕다리에선
힘자랑이랑 노래자랑은 하지 말란다

여덟 장수가 단칼에 잘라버린 바위가
서남쪽 산기슭에서 잊혀진 전설을 빗질하고
향악당에서 흘러나오는 풍물 장단에
어깨를 들썩인다

상경길 고속도로 휴게소에서 숨돌리던 행락객들
양덕저수지로 내려와 시름을 씻고
세월이 침잠한 호수 바닥에 가라앉은
멍석바위 건져올리는가

수면엔 여덟 장사처럼 오줌 누던 주민들 해학이
원을 그리며 퍼져가고 있었다

대사리를 지나며

−삼성면 대사리

꿈이 크면 절망도 깊지
한이 많으면 사연 또한 절절하지

야망을 품고 상경하던 젊은이
수리티고개 넘지 못하고
온양터에 자리 잡았어
서울살이 설움만 품고 낙향하던 여인
차마 친척들 볼 면목 없어
벌말에 주저앉았어

산기슭 뛰어다니며 토하는 울분
맑은 물에 낚시 던지며 가라앉히는 정념(情念)
그도 안돼 예배당 찾아가 올리는 기도

가을 저수지

-삼성면 상곡1리

오미들을 건너온 가을 햇살이
가늘게 낚싯줄을 드리우고
꾸벅꾸벅 졸고 있다
상곡저수지 뚝방 턱,
어깨 위엔 견장처럼
함박산이 붉그레한 얼굴을 들이민다
쏘가리매운탕 끓이던
상곡리 장 이장의 얼큰한 웃음 소리가 걸렸는지
팽팽해지는 낚싯대

저수지 가생이로 물비늘이 튀고 있다

여름날 수레뜰에서

−생극면 차평1리

험악한 장마의 마지막 얼굴이 저수지에서 세수하고 있다
수레의산 골짜기에서 흘러내린 상념의 잔해들 싱그럽기만
하다

급하게 쏟아지는 봇물로 머리를 감는 마을로 가자
새벽부터 약치랴 땀 범벅된 농심을 등목하면
가물가물해지는 여옥 기생의 서러운 흔적 만나면
퉤퉤 침 뱉어가며 짚신을 엮으면

지난겨울, 된추위 속 청주로 나간 김 씨 잔주름이 그리워

능안골 10월
−생극면 방축리

다올차게 익어 고개 숙인 알곡 닮았나

겸손한 사람이 살아가는
김장골, 방죽말을 건너온
화사한 햇살이
조선왕조 재상을 지낸
권씨 3대 묘가 모여 있는
능안골에 짧아진 온기로 소풍 나왔다

찾는 발걸음은 잦아지고
산새 소리도 희미해지는데
몇 년 전 퇴직한 후손이
모자를 눌러쓰고 낙엽을 쓸고 있다

눈부시게 침묵하던 10월은
상징의 이파리를 굴리고 있는데

파이팅~ 매산마을

-감곡면 왕장1리

야트막하게 말이 누운 산 정상에 선 십자가
청미천을 건너 도망쳐 온 국모가 황급하게 노은 땅으로
줄달음쳤다고
인민군 탄환이 박혀도 성모 마리아는 여전히 끄떡없다고

산 중턱에 선 고색창연한 고딕 양식의 성당
은은한 종소리가 옹기종기 지붕을 맞댄 골목마다 퍼지고
마음 따뜻한 마을 사람들 기도하며 소박하게 저녁을 맞이
하고
뽀얀 여인의 속살 같은 햇사레복숭아를 맛있게 베어 물며
새로 깔리는 철도 레일을 따라 희망찬 기적소리 들려오는데

월정리를 지나며

-감곡면 월정리

한양 과거시험 낙방하고 터덜터덜 낙향하는 선비
잠시, 길을 잃었다
저수지를 돌고 돌아
개미골 따라 충주로 넘어가는 길목
허름한 정자에 걸터앉아 땀을 식히려니
독정이 아낙 다소곳 내민 복숭아
맛나게 삼키고 나서는데
은은한 하늘 쟁반 위엔 먹음직스런 복숭아 한 알
둥실~ 떠오르고 있었다

살고 싶은 마을

—감곡면 오궁리

지조 높은 백련 향기가 휘감는 마을
미백의 복숭아 빛이 구석구석 감도는 마을
백련서재, 오갑학교 아이들 노래로 메아리치는
마을
청미천으로 떠내려간 청운(靑雲)을 신후재 영정
이 지켜보는 마을
감곡IC로 빠져나온 구정물 같은 마음 연꽃으로
정갈하게 피는 마을

거기서 맹섭이랑 살고 싶다

Ⅱ.

바람과 구름이 흐르고

음성읍 수정산성

수정산*을 오르며

산등성이 오르던 토끼 한 마리
중턱에서 멈춘 지 오래다
맞은 편에서
바위를 집어던지는 박서 장군 역발산기개세(力拔山氣蓋世)에
깜짝 놀랐는지
납작 엎드렸다

세월의 두께가 파헤쳐진 산성 위로
바람과 구름이 흐르고
별과 달이 뜨고 지기를
산밑에서 올라온 발길에 채여
닳고 닳은 채 거기 있는

너, 괜찮은 거니?

*음성읍 평곡리, 한벌리에 위치한 산(396m).

국사봉(國師峰)＊을 향해

어디일까

금봉산 월포산 어래산
많고 많은 산 가운데
조선왕조 첫 번째 영의정 배극렴 대감
임금과 함께 올라 나랏 일 논했다는 산
'청룡두유석각'(靑龍頭有石刻) 글자 바위에 새기며
바람 앞에 촛불 같은 예측불가의
국가 앞날을 밝혀줄 큰 스승

어디 있을까

＊소이면 국사산(國師山, 410m).

큰산 비채길*에서

큰山이 높다고들 말하는데
그보다 높은 게 얼마나 많은가
그 아래에서 쳐다만 보길 몇 번이던가
막상 오르면 못 오를 것도 없는데
또 머뭇거리는 건 왜 그런가

하늘길 따라가며 큰 부자를 그려보고
땅길 걸어보며 큰 장수를 기다리고
빛의 길 산책하며 큰 인물을 만나는
비우고 채우는 산길 속으로
턱턱 숨 막히고 땀을 쏟아내는
미지 세계를 향해 발걸음 내딛는다

*원남면 보덕산(509m) 둘레길을 말한다.

관모봉[*]

입신양명(立身揚名)을 꿈꿔볼까요

관모봉에 오르니
마음 성전이 더 아름다운 시골교회와
글로벌 선진 시민을 양성하는 학교와
보건지소가 무릎을 맞대고
조촌리는 동서로 활처럼 휘었는데

물안개 고즈넉한 원남저수지
말끔하게 세수한 품바재생예술체험촌
예술혼은 정크아트 공원에서 발산하는데
별빛과 달빛에 반짝이는 잔 물결 찰랑거리는데

[*] 원남면 조촌리에 있는 산(307m).

통동재*에서

삼용에서 통동 마을로
이어진 통동재를 넘는다
좁고 울퉁불퉁하고 휘어지고 가파른 오르막길
턱까지 차오르는 가쁜 숨을 몰아쉬며
쉬지 않고 올라왔구나
꼭대기까지 올라와선 쉴 새도 없이
다시 내려가야 하다니
올라온 것보다 더 좁고
올라온 길보다 더 울퉁불퉁하고
올라올 때보다 더 경사지고
올라온 곳보다 더 휘어진 길을
이제 내려가야만 한다

역겨운 냄새도 나리
앞선 이들의 속도에 밀려 엉거주춤 느릿느릿
기어가듯 해야 하리
때론 사정없이 휘어진 곳에서 갑자기
방향을 틀어야 하리
종종 아슬아슬한 급경사에서 속도를
제어하지 못하는 곳도 있으리
올라오는 것보다 내려가는 게
더 힘들고 더 걱정되는
통동재를 넘는다

*맹동면 통동리와 원남면 삼용리 사이에 있는 고개.

함박산*

두촌리 성당 들러
기도를 엿듣고
소방병원에서
거대한 화마와 싸운 전사들 무용담을 들으리

산비탈 올라
서낭당 고개 지나니
저수지쪽 가을 길이 고즈넉하다

쪽박산에선
한 달 열흘 간 쏟아진 홍수 이야기
선바위 옆으로 스쳐
칙칙폭폭 기차바위를 타고 오르니
함박산은 다양한 표정으로 맞는다

삼성 대소 광혜원 이월 맹동 덕산 진천 초평들까지 펼쳐
진 넉넉함과
발밑에선 부산하게 살아가는 혁신도시 사람들 애환
끝없이 동쪽으로 이어지는 산구릉 사이
통동저수지 침묵하며 엎드려 있다

*맹동면 쌍정리와 군자리에 사이에 있는 산(339.8m).

백마산(白馬山)*에서

자작나무 숲을 지나
가파른 능선을 오르고 내리기를 수 차례
사리로 가는 고개를 넘어도
백마가 나왔다는 동굴은 어디에?

겨울이 훨씬 지났어도
추위를 덮던 낙엽 여전히 산길에 깔렸는데
얼마 남지 않은 종착지를 향해 달려가는 충북선
검은 기적을 울리며 보천을 지나는데

백마를 타고 초인**은
과연 올까?

*원남면 주천리와 괴산군 사리면 사이에 있는 산(464m).
**이육사 님의 시 「광야」에서 인용.

박산*에 올라

누군들 동산을 마음에 품고 살지 않을까

어릴 때 동무들과 뛰놀던 작은 산
여드름 필때 그 여자 손잡고 오르던 낮은 산
중년이 되어 가족과 함께 찾은 뒷산

오래전 떠나온 고향은 갈 수 없고
꽃잎처럼 떨어진 청춘은 덧없고
낯선 도시에 남겨진 시간은 고달프고

잔돌 사이로 흘러가는 개울 물소리
골짜기에서 몸을 섞는 안개와 구름
깊은 어둠 속에서 꽃처럼 피는 침묵

기창아 금식아 진원아 선옥아 혜영아
슬픔을 추억하며 동산에 오르니
어느새 찬란한 계절은 가고 있구나

*금왕읍 금석리, 용계리에 있는 산(229m).

근심이 떠난 쉼터

−생극 수레의 산 '수리정'에서

갈 사람 미련없이 가라
올 사람 주저하지 말고 오라

근심이 떠나는 쉼터
수리정(愁離亭)에 올라
문을 연다

안녕, 그대 잘 가라
멀어지는 등을 향해
쓸쓸하게 손 흔들어 배웅하며
뒤돌아온 밤
계절이 짙어가는 창문에
그리움으로 쓴다

환한 웃음 날리며
달려오는 그대
그리워
그리워

다시 만날 거라는
소망이 먼저
그 산에 올라
걱정 근심과 이별한다

오갑산[*] 이진봉
−욕망의 민낯을 마주하다

산이 있어 산에 오른다고
개뿔

그대는 왜
오갑산 이진봉을 오르는가

발길 뜸해도
계절마다 새롭게 치장하며 자존심 홀로 세운 산

반도를 지나 현해탄까지 향한 임진년 명나라 장수 욕망
정상 진터에 아직도 버리지 못한 산

부지런히 서천고개를 넘던 기호와 충청 이남 문물이
풍요를 기원하던 산

먼지 피우며 허옇게 개발되는 웃오갑 골프장을
침묵으로 내려다보는 산

몇 년 새 송전탑들 세우고
턱 밑으로 고압전류가 흐르는 산

오갑산 이진봉을 오르니
끝도 없이 꿈틀대는 욕망이여

*감곡면 문촌리, 상우리와 충주시 앙성면, 경기 여주시 점동면에 위치한 산(609m).

백야골짜기[*]

산골에 들어오니 묵묵히 살고 싶고
냇가를 걸어보니 도란도란 살고 싶다

아버지가 살아온 마을에
어머니 유언 지켜온 자리에
누이가 떠나버린 산길에
11월의 비가 내린다
겨울비는 시비뭘시비뭘 속살대며
빙벽의 얇은 살을 깍아내고
나목(裸木)의 알몸을 씻기고
침묵에 빠진 낙엽을 적시고
골짜기 바람 소리 더 심란하건만
바위틈 푸른 이끼 더 서늘하건만
소나무 둥치 솔향은 더욱 짙어가건만

숲길을 들어서니 정갈하게 살고 싶고
호수를 둘러보니 고요하게 살고 싶다

*금왕읍 백야리 백야휴양림 골짜기.

Ⅲ.

촉촉하고 담백하고 고소하지 않니

금왕읍 시멘트 카페

하율랑 빵집*으로

하율아 하랑아 빵 먹으러 가자
부드럽게 갈라진 빵 안을 꽉 채운 단팥 보이니
보기보다 너무 달지도 않고
그저 평범한 단팥이 아니란다
몸에 좋은 건 입에 쓰다잖니
입안 가득한 호두알도 씹어 먹고
가게 옆 밭에서 캐낸 쌉싸름한 인삼도
잘근잘근 씹을 수 있잖니
엄마 손길로 직접 구워낸 월병은
할아버지 할머니도 좋아하실 거야
바삭바삭한 크로캉쿠키, 블루베리머핀, 산딸기베이커리도
촉촉하고 담백하고 고소하지 않니?

*음성읍에 있었던 빵집.

60

가을음악여행[*]

가을이면 선율을 따라
여행을 떠난다

갈빛 강물 위에 낭만이 흐르고
은하수엔 깜빡이는 별빛 흐르고
흰 건반에는 여린 그대 손길 떨어진다
청아한 클라리넷 호흡에 맞춰
꿈길이 펼쳐지고
밀어를 나누는 갈대들처럼
사색에 잠긴 연인의 노래여
아름답고
사랑스러워

*음성군음악협회 정기연주회 제목.

도서관*에 가면

도서관에는
책갈피마다 호기심이 어깨를 걸고 빼곡하게 꽂혀 있다

눈이 큰 소녀가 환하게 웃고 있는
도서관으로 간다

도서관에 가면
세월의 먼지를 뒤집어쓴 책들이 기다리고
묵직한 책 냄새 그윽하고
책을 펴면 고매한 인품을 만나고
희망이 영근다 미래가 열린다

도서관에서 묻는다
나는 누구인가
내가 선 곳은 어디인가
앞으로 어떻게 될까
어떻게 살 것인가
어떤 사람이 될 것인가
무엇을 하고 싶은가
누구와 살 것인가?

*금왕교육도서관.

꽃집[*]

큰 물줄기가 가르는 경기와 충청 도계
다리 옆, 담쟁이로 포장한 소담한 꽃집

청미천 물살처럼 잔잔한 눈빛으로
은비꽃을 다듬고 있는

손바닥만한 유리창 너머 들여다보던 햇살로
윤기 있게 꿈을 만지고 있는
첫사랑의 여인

고운 꽃향기로 빗어 넘긴 머리카락
어깨 위엔 꽃잎처럼 수줍음이 얹혀있고
치맛자락엔 하느작하느작 계절 지난 잎사귀가 쓸리고
고매한 상념 눈 시리게 빛나는 이마

담에 꽃집을 차렸으면 좋겠다는 그 가을의 여자
따뜻한 미소가 다소곳하게 꽂혀 있는
꽃집

*감곡면 은비꽃집.

시골 마을 작은 카페*

조용한 시골 시장 거리 모퉁이에
모던한 로마네스크 카페 있지

어릴 적부터 허물없이 살아온 사람들
세월이 흘러도 고향에 머물며
"따뜻한 걸루 한 잔 줘유"
"달달하고 시원한 거 뭐 없슈"
서슴없이 들어서는 이웃들

장터가 한 눈에 들어오는 2층을 오르는
나무계단마다 부드러운 햇살 가득하고
구수한 웃음으로 마시는 찻잔에선
비취빛 情이 향기로웠지

*음성읍 '벨라 라운지 카페'.

감골에서

−감곡 '궤짝카페' 가는 길

찾는 사람 없어도
종일 문 열어놓는 카페

맞은 편 미류나무 밑에
밤마다 달맞이꽃은 활짝 벙근다

영산골 철박물관에서
북쪽 고개를 넘던 구름은
산기슭에 웅크린 카페
은은한 꽃향기를 마신다

산 너머 체육공원에 가볍게 운동하는 소리
행군이 마을 정자에 걸터앉아 쉬다가

궤짝과 함께 인생을 아름답게 만드는
젊은 부부와 정담(情談) 나누러 간다

아인슈페너*

겉은 차갑게
속은 뜨겁게

위는 달콤하게
아래는 쌉쓰름하게

밖은 하얗게
안은 까맣게

뜨거운 액체를
차가운 거품으로 포장한
그대

한 모금 삼키며
슬기로운 생활(?)
이중생활을 꿈꾼다

*금왕읍 카페 '시멘트'에서 판매하는 커피 음료.

보꼬보꼬[*]

가만가만 머릿결 만지는
그녀의 손길, 거기
나긋나긋 반기며 인사하는
그녀의 눈웃음, 거기
조곤조곤 속삭이는
그녀의 목소리, 거기

오미에서 최성미마을 지나
진재 등성이 따라 되잔이도 달려
숫돌고개를 넘어 무기로 들어오는 초입
미용실 유리창엔
그녀의 가녀린 손가락, 종아리, 허리를 닮은
빗줄기가 보꼬보꼬 내린다
거기

*금왕읍에 있는 미용실 이름.

무너미 밥집[*]

고든박골에서
이오덕 학교에서
충주로 가는 길가로 나와 앉았다
무너미 밥집

흙내음으로 조리한 반찬
시장한 마음 한 판 밥상 위로 줄을 세우며
한 그릇 먹고 성에 차지 않으면
또다시 턱턱 고봉밥 내올 것 같은
주인아주머니 환한 웃음이
구수한 숭늉으로 입가심이라도 하라고

상 물리고 배 깔고 엎드려
키 낮은 책장에서 책 한 권 뽑아 들고
행간을 읽으며 음미하는 커피 한 잔
몰려오는 식곤증을 즐기다가
휘휘
다시 일상을 실은 차들이
줄지어 달려가는 길가로 나서면

이오덕 학교로
고든박골로
서둘러 가을 햇살이 올라가고
짙은 산 그림자 내려오고

*음성읍에 있는 식당 이름.

초향기*

충청대로 양반길 따라
백마령 터널 지나
종일 따스하게 햇볕 비치는
착한 가게로
칼국수 먹으러 소풍 간다

보강천에서 건져온 올갱이로
어머니와 아들이 손맛 펴는 칼국수
대처에서 달려와 허기 달래고
감자만두 한입에 풀향기 배 불린다
구수한 토장국 올갱이들
싹싹 건져 올린다

매실나무 잣나무 밤나무 느티나무 단풍나무 줄 지어선
옛 고개를 넘어
얼큰한 취정을 이끌고 일상으로 돌아온다
한 사나이

*원남면 문촌리에 있는 식당.

포스사우나[*]

오라
발가벗은 채로 해를 만나고 싶으면

뜨끈뜨근 온열탕에 몸을 담그며
부글부글 끓어오르는 물 마사지 받으며
후끈후끈 사우나에서 땀을 빼며

함박산 능선 위에 솟아오르는 태양을 맞고 싶으면
오라

*충북혁신도시 대중목욕탕 이름.

73

고구마교회*

소년은 그렇게 알고 있었지
예수가 직접 장작을 패서 왕닥불** 지피고
숯불로 구운 고구마를 제자들과 나눠먹은 것으로

소년이 처음 찾아간 예배당엔
구수한 고구마 냄새로 가득했었지
청년 목사가 장작 난로를 피우고
예배당 옆 텃밭에서 캔 고구마를 굽다가
덥석 손을 잡으며 맞아 주었지

잣나무 숲속 끝에서 기다리던 교회
찰랑찰랑 계곡물 소리를 듣던 교회
낮은 십자가를 머리에 이고 있던 교회
무릎 높이로 울타리를 둘러싼 교회
채송화가 소담하게 웃고 있던 교회

소년은 어른이 되어서도
그 교회를 찾아가고 있지

*금왕읍 푸른숲교회.
**왕닥불: '화톳불' 혹은 '모닥불'을 강원도 사투리로 '황닥불'이라고 한다. 강원도
춘천, 화천과 인접 지역인 경기도 가평에서는 '황닥불'을 '왕닥불'이라고 부른다.

충북자원

―박용수

우당탕탕 철재들 부딪힌다
뿌옇게 먼지 피어난다

창조세계를 아름답게 회복시키려는
심줄 같은 신념으로
용솟음치듯 살아가는
바위 같은 사나이

거기 있다

IV.

푸른 시냇가에 서니

대소면 미호천, 성산천 합류 지점

여기소[*]

여기가 어디냐고요
여기, 소~입니다

젊은 기생 여옥이 몸을 던져
관습의 절망이 가라앉은 곳
여인의 비애가 배어 있는 곳

이를 아는지 모르는지
여름이면 젊은 남녀들 찾아와 몸을 담궜다가
훌쩍 떠나간 그 활력이
그립다 그립다
지줄대며 계곡물은 흘러가고

장에 나간 아버지^{**}를 기다리며 불렀던 동요를
골짜기 골짜기 간직했던 수레의산 그늘이
깊이 수심에 잠긴 곳
단풍이 가벼운 몸을 적시며
새로운 계절을 그리워하는 곳

여기가 어디냐고요
여기, 소~입니다

*음성군 생극면 차곡리와 차평리 사이 계곡에 있는 소(沼) 이름. 이곳에서 광주
기생 여옥이 양반들로부터 희롱을 받고 빠져 죽었다는 전설이 있다.
**장에 나간 아버지: 음성근 생극면 차곡리에서 발생했다고 알려진 '고추먹고 맴
맴' 동요 내용을 말한다.

청미천(淸美川)[*]

푸른 시냇가에 서니 그대가 그립다
햇살 투명한 물속에 그대 얼굴 보인다
흔들리는 갈대숲으로 흐르는 물
그 끝으로 사라지는 석양의 뒷모습

넓은 세상을 향해 서쪽으로
달려가는 물길 따라가면
어느 강변 예배당에서 기도하는
그 아름다운 믿음의 사람 만날까?
작은 섬에서 뭍으로 나간 님을 기다리는
눈이 선한 그 사람과 함께할 수 있을까?

*경기 용인시 원삼면에서 발원해 음성군 감곡면 원당리에서 응천과 합류하고,
여주 점동면 장안리에서 남한강과 합류하는 국가하천.

응천십리벚꽃길*

나 찾아간다 응천 벚꽃길을 간다
수리산 밑 고즈넉하게 펼쳐진 길
이진말부터 신양과 차평뜰까지 이어진 길
신양제에서 팔성제간 활처럼 휘어진 길
하얀 꽃그늘 하늘거리고
분주한 꿀벌들 잉잉거리고
따순 봄 햇살에 냇물이 속살속살 흘러가고
저 십 리 끝에 발병 난 님이 기다리고 있고
찬연(燦然)한 봄빛이 꿈처럼 펼쳐진 길
응천 벚꽃길을 걸어간다

*생극면 신양리 응천변에 조성된 벚꽃길.

응천(鷹川)[*]

그대 발길 어디로 향하는가?
북진(北進)하는 냇물아
서쪽 바다로 아리물 천리 여정 나서며

촉촉하게 적시는 곳곳마다
숨겨진 마을 풍경 담고
숱한 이야기를 품고

그대 발길 기억하는가
오래전 떠나온 고향 같은 마을
해마다 찾아오는

황산에서 멈췄던 동학의병 함성들
단비고개에 울렸던 총성들
무기금광 황홀했던 일장춘몽들

옷자락에 짙은 향수(鄕愁) 흩날리고
물결 따라 들꽃 향기 퍼지고
냇가에 선 시비(詩碑), 발걸음 멈춰 세우고

*금왕읍 무극, 용계리에서 감곡면 원당리까지 흐르는 하천.

미호천*

미호천은 밤에도 잠들지 않는다

뚝방 벗나무 가지마다 널어놓은
계절의 그림자
숨죽여 우는 소리를 다독거리느라
몇 년 전 여름날
사라져간 미호종개 그리워
물결에 쓴 편지 읽느라
술 취한 듯 떨어지는 잎새 손금에
훈장처럼 새겨진
서러운 푸른 점을 읽느라
금강에 이를 때까지
낮은 구릉지 달려가느라

*삼성면 마이산에서 시작해 충남 공주시에서 금강과 합류하는 하천.

한천(閑川)*

동쪽 소속리산 함박산 기슭에서 솟아
하우스 가득한 들판을 적시고
신도시 빠져나와 흐르는 물줄기
한가롭다

통동지에 고요하게 가라앉은 침묵
도마재 넘어 꽃동네 들어간
노숙인의 한숨
수박농사로 흐르는 땀방울
묵정밭에 돌탑 쌓던 잊힌 민초의 애환
기미년 박해받은 봉암마을 순교자의 피
유구한 물길 가로막을 수 있을까

문지방 드나들듯
추억이 빛나는 은빛
물가에 모래성 만들고
맑은 물속으로 첨벙 뛰어들고 싶다

*음성군 금왕읍 봉현리와 맹동면 두성리에서 발원해 맹동면과 진천 덕산면을 지
나 초평면에서 미호천과 합류하는 하천.

쑥부쟁이 香이 그리워

−음성 '쑥부쟁이 둘레길'에서

햇빛과 달빛에 비추어 반짝이는 물결
'윤슬'처럼
가을이면 용산저수지 둑방 지천으로
연보랏빛 잎, 노란 꽃으로 피어나는
너를 향한 그리움
애절하고 애절하다

봄이 와도 봄이 아니듯*
가을이 가도 사계절을 남았는데
길마재 넘어간 발자국 따라
팽팽한 활시위로 쏘아 올린 화살은
멍든 가슴에 날카롭게 박혀 흔들리는데
쑥부쟁이 香을 추억하며 걷고 또 걷는다

*당나라 시인 동방규(東方叫)가 읊은 「昭君怨(소군원)」이라는 제목의 시, '春來不
似春(춘래불사춘)'에서 인용.

V.

사시사철 햇살은 짧기만 한데

음성읍 뱅거리 마을

한내장터 만세공원[*]

벽공(碧空)을 휘감는 구름
빈 들녘 스치는 바람
느릿느릿 흐르는 음성천 물결

여기 잠시 발길 멈추면
태극기 펄럭이고
절규하던 만세 소리 들려온다

기미년 4월 1일 한내장터에
죽을 각오로 나선 지사 6명[**]과 민중이
구름떼처럼 모여 외치던 '대한독립 만세'
그 붉은 함성과 치열했던 항쟁, 끊임없이 되살아난다

*소이면 중동리 옛 한내장터 거리에 조성된 독립만세운동 기념공원.
**지사 6명: 한내장터 독립만세운동을 주도했던 김을경, 이중곤, 권재학, 추성열, 이교필, 이용호 지사.

뱅거리*

통미마을 지나 고개 넘으니
아기 볼기짝만한 백양골에

산그림자만 방문하고
사시사철 햇살은 짧기만 한데
기미년 3월 1일 함성처럼
눈발이 흩날리는데

회관 앞에 떡 버티고 선 비석
잠잠했던 읍내 깨우려고
목청껏 만세 부르려고
언제든 뛰쳐나가려고

*음성읍 초천1리 백양마을.

만세탑 있는 동산[*]

엄혹한 추위를 버텨낸
마루들판에 봄기운이 가득하고

기미년 4월 2일
성산천 건너 오미장터까지 달려나가
분노 속에 태극기 흔들며 만세 부르던 기개
뒷산 꼭대기에서 침묵하고

산기슭으로 마실 나온 햇살
작은 새들 쫓는 들고양이 한 쌍과 어울리고

*대소면 오류리 하오마을(아래오류골) '기미독립만세기념탑'이 세워진 동산.

가을 우체국[*]

오일 장터 골목 끝에
웅크리고 앉아 있는 우체국
낮술로 불콰해진 얼굴을 하고
가을 햇살을 받으며 졸고 있다
장날 점심이 지나면
늙수그레한 왈자배기 장돌뱅이
문 열고 들어와
축축한 눈물을 잉크 삼아
그리운 이를 향해
길고 긴 편지를 쓴다
화사한 단풍잎 같은 편지지에
깨알같이 써내려가던
펜 끝에서 한숨도 새어 나오고
묵묵히 자리를 지키는 여직원
단아한 어깨 너머로
기우는 햇살이 내려앉고 있었다

*대소우체국을 가리킨다.

철박물관

여기
그대를 데려온 건
철들게 하기 위해서입니다

계근대(計斤臺) 어깨를 짚고
녹슨 전기로가 반기는
골짜기

소나무 청단풍 키 작은 철쭉들 수근수근
산새들 들풀 들꽃과 눈맞추며 쫑알쫑알
작은 연못 정자 그 옆 키 큰 미루나무 멀뚱멀뚱

아름답지만 사치스럽지 않은
소박하지만 누추하지 않은*
골짜기

여기
세상을 움직이는 철(鐵)을 따라
한 철이 저물고 있습니다

*『삼국사기 백제본기』와 『조선경국전』에 썼던 '검이불루 화이불치(儉而不陋 華而不侈)'를 변용했다.

갸[*]

학교 옆에 살던 물파스 같은 갸
하얀 얼굴 눈이 커다란 갸
주근깨 말괄량이 삐삐 같은 갸
들장미 소녀처럼 결코 울지 않을 것 같은 갸
밥먹자 밝게 살자 먼저 말 건네던 갸
형용사로 살기보다 적극 동사로 사는 갸
푹푹 찌는 여름날 냉수 같은 갸
지금은 아이 어머니 된 갸
누나는 아니지만 누나 같은 갸

싱그럽게 묘목이 자라는 시냇가 농원으로 간다
갸를 만나러

*선미란.

신선옥

다올찬 햇살 속에 찾아온 너는

잔망스런, 향그러운, 탐스런, 달콤한
짝사랑이 생각나는, 풋풋한, 다소곳한, 발그레한
예지있는, 초롱초롱한, 도톰한, 뾰로통한, 도도한, 고매한
정숙한, 정결한, 정이 가는
볼수록, 다정다감한, 말캉말캉한, 헤어지기 싫은, 다시 만
나고 싶은
헌신적인, 다 주고 싶은, 그저 바라만 봐도 될 성싶은

옆집 여인

−연세진 소프라노

아침 햇살 고드름에 부딪히는 음색으로
연주하는 그녀
푸른 울타리 너머로
'내 맘의 강물' 위에 '사랑 그 쓸쓸함에 대하여'를
불러주던 그녀
밝고 쾌활한 표정으로
가을이면 음악 속으로 여행 떠나는 그녀

신재흥 화실

단비고개 밑에
웅크리고 있다
숨 가쁘게 소여리를 넘어온
거친 발길 불러 세운다
캔버스에 기대어
얼마나 오랫동안 기다렸을까

붓칠하듯 들려주는 묵언(默言)
찬연한 예지(銳智)와 고요한 감명
덧칠하면서

정안(貞安)갤러리
–최경자 민화가의 민화, 서각 전문 미술관에서

'곧고 평화로운 세계'가 펼쳐지는
민화, 서각 전문 미술관이 둥지를 튼
충북 음성군 음성읍 소여리

여기는
보현산에서 발원한 물줄기 서해 천리길을 시작하는 곳
여기는
1950년 7월 5일, 남진하던 북한군 예봉을 처음 꺾은 곳
여기는
하늘을 바라보며 살아가는 농민들 어울렁더울렁 살아가는 곳
여기는
민화로 젊은이들에게 민족 역사와 정서를 계승하려는 열정이
꿈틀대는 곳

서슬 푸른 기운으로 가득한 '일월오봉도' 병풍과
장수와 건강을 염원하는 '십장생도' 병풍과
풍요와 번영을 축원하는 금빛 '해학반도도' 병풍이 어깨를
맞추고
3천 번 넘도록 예리하게 칼질해야만 완성되는 서각 작품
들과
외국에 사는 딸을 축복하며 그린 '평생도'와
그리고 소박하게 소풍 나온 작품들 멋스럽기만 한데

몇날 며칠을 밤새워 울던 소쩍새를 벗삼은 누님,
그리움과 아쉬움으로 가슴 조이며 살아온 누님,
머언 젊음의 뒤안길을 돌고 돌아 거울 앞에 선 누님*

그 누님의
정갈하고
반듯하고
평안한 미소가 가득 번진다

*미당 서정주 님의 시 「국화 옆에서」 일부를 변용했음.

음성역에서

새벽이 달아난 쪽으로
뒤따라가는 레일
실개천과 나란하게 뻗은
사다리 같은 철로 위를 오르는 열차
깃발처럼 그리운 손짓으로 세우리
추억의 그 사람과 얼굴을 마주 보며
밤새워 여행을 떠나리
무료했던 하루 여행은
하차하는 그의 지친 발걸음에
어둑어둑 채이고
내리막으로 사라져간 열차를 따라
발그레한 노을이 뒤쫓아가고

음성에서 살며

고분고분한 어머니를 닮은 고을
호랭이반도에 자궁 같은 마을
음성에 들어와서
살지유

산은 낮구 들판은 넓구
물은 항시 마를 줄 몰라
언제나 먹을 건 넉넉허구유
인정은 푸근허쥬

곳곳으로 생기를 발산하는 동네
전국 사방을 반나절이믄 가는 곳
음성에서 사니
좋아유

무극교에서

어디로 사라졌나

엄마가 다리 밑에서 주워왔다는 설움
작년에 왔다가 죽지도 않고 또 온 각설이 타령
아슬아슬한 지하 갱도에서 노다지 캐던 한숨
왁자지껄 어우러지던 무기장터 이야기

물결 따라 흘러간 꿈이
개울을 가로지른 교각에
활처럼 굽어 있다

행복한 금왕, 금빛찬란하게!

선진의 음성(陰城)을 노래하다
—그 음성을 향해

증재록
(시인, 한국문인협회 홍보위원)

선진의 음성(陰城)을 노래하다
―그 음성을 향해

증재록
(시인, 한국문인협회 홍보위원)

1. 숨소리를 따라간다

만물이 생성되는 터 음성(陰城)에서 발길을 세운 지 사십여 년, 이제 고향이나 다름없다. 누구보다도 이 지역의 곳곳을 누비며 지기와 정기를 머금고 시정을 펼친 아봉(雅鳳) 김진수 시인은, 예배를 인도하며 교의를 가르치는 목사로, 새로운 소식과 이웃의 이야기로 사회를 밝히는 기자로, 세상살이의 희로애락을 가슴 저리게 표현하는 시인으로, 발걸음은 언제나 재빠르다.

새벽이면 그분을 향한 기도로 문을 열고 삶의 숨소리 따라 9개 읍면을 품은 가섭에서 마이로 이은 봉화를 따라 밝히는 눈빛을 하고, 금봉이며 수리에서 오갑까지 응천이며

105

청미천 무심천까지 한치도 발길이 멈추지 않는다.

솟아오르는 맥 흐르는 물 음성이 삶의 근본을 알린다. 여기가 고향이라면서 누가 이보다 더 절절히 땅과 물을 사랑하면서 삶을 펼친 적 있었는지, 향사며 전설까지 시로 읊는 정서가 가상하다.

지형이 오밀조밀하고 구릉이 옹기종기 모여 있어 물줄기 큰 하천 하나 없지만, 금왕의 삼 형제 저수지는 논밭을 전천후 농지로 탈바꿈시켰고, 부지런함은 지난 60년대 후반 비닐하우스 속성 재배농법으로 나라의 농업혁명을 주도하기도 하였다. 가을이면 고추 인삼 관광지로 유명하다.

친일 작가지만 농민문학의 선구자로 불리는 이무영 생가터도 있다. 조선조의 대제학 서거정의 시정을 본다. "음성은 옛고을이로다/양지바른 골짜기에 아침 해가 비치니/산의 경치는 좋기도 하다/천 폭의 병풍을 둘렀구나/시냇물은 맑고 졸졸 흘러 굽이쳐 도는데/백구의 흰 모습 잔잔한 물 위에 떴구나/황학은 구름과 같이 둥둥 떠가네/나 혼자 숲속에 멍하니 앉아서/푸른빛이 옷에 뚝뚝 젖게 맡겨 두네//"

서거정이 떠난 지 534년 이제 목회자며 기자로 시단을 아름답게 꾸미는 아봉(雅鳳) 김진수 시인의 심상을 본다. 새로움이 앞서는 음성(陰城)의 골과 들, 산과 냇물이 흐르는 향토 시를 만난다.

2. 굽은 길을 돌고 돌아

'너 자신을 알아라'라는 델포이 신전의 어귀가 생각을 깊게 하지만, 살아가면서 남을 알려는 욕구보다는 자기를 알아보려는 의욕은 크지 않은 것 같다. 태어난 터 아니면 살아가는 여기 하늘 아래 땅과 물과 산, 모두 몸의 근간을 이루어주지만 정작 자신이 살아가고 있는 이 땅의 구석구석을 훑어보고 올라가 보고 살펴보지 않았기에 그 깊이와 넓이를 제대로 아는 게 없다. 그저 아는 체했을 뿐이다. 아봉(雅鳳) 그가 음성(陰城)의 곳곳을 살피면서 운율을 펼쳐 시로 노래한다.

상양전 마을로 가리
가을 오후 햇살 함뿍 머금고
폐교 운동장에선
어른이 된 학동들의 소박했던 꿈들
억새풀 키를 높여 담장을 넘고
좁다란 언덕길 가생이로 소풍 나온
콩 들깨 빨갛게 달랑거리는 고추들
머리를 맞대며 히히덕거리기도 하고
듬성듬성 모여 앉은 둥근 무덤과 수다도 떨면서
열네댓 그루 느티나무 그림자랑
사방치기 하듯 툭툭 시간을 차던
운동회를 추억하는

상양전 마을로 가리

–「윗볕돈」 전문

굽은 길 돌고 돌아 산골로 가다 보면 살짝 휜 저수지가
나오고 조금 더 돌아가면 만나는 마을, 상양전 마을이다.
볕이 돈이라는 기막힌 마을이다. 볕, 만물 생성의 근원인
볕을 향해 빛을 향해 달리는 나날 그게 돈이다. 돌고 도는
돈 돈 그렇게 그곳을 가면 돈에 초연해진다. 느티나무가
제 몸을 비워 그늘을 내주면서 세월을 돌린 지난 시간은
모두 아름답다는 그림을 그려준다.

산등성이 오르던 토끼 한 마리
중턱에서 멈춘 지 오래다
맞은 편에서
바위를 집어던지는 박서 장군 역발산기개세(力拔山氣蓋世)에
깜짝 놀랐는지
납작 엎드렸다

세월의 두께가 파헤쳐진 산성 위로
바람과 구름이 흐르고
별과 달이 뜨고 지기를
산밑에서 올라온 발길에 채여

닳고 닳은 채 거기 있는

너, 괜찮은 거니?

　－「수정산을 오르며」 전문

　음성(陰城)의 장수바위, 전설이 흐르는 수정산, 신라시대
토성이 흐트러진 자취, 성이 있어서 성재산으로 불리기도
하는 산, 누가 이 성을 쌓았을까 궁금증에 휘돌아보는 그
러다 문득 만나는 바람 구름, 산토끼는 예나 지금이나 여
전히 뛴다. 이제는 허리를 감아 쉼터로 내주고도 의연하게
꽃피는 웃음이다. 높지도 낮지도 않은 그만큼만 올라도 세
상을 살아가기는 힘겹지 않을 거라며 내려다보이는 동네
가 아담하다. 주욱 뻗어 청주에서 충주로, 충주에서 청주
로 오고 가는 저 아래 쏜살같은 차가 세월을 보여준다.

큰 물줄기가 가르는 경기와 충청 도계
다리 옆, 담쟁이로 포장한 소담한 꽃집

청미천 물살처럼 잔잔한 눈빛으로
은비꽃을 다듬고 있는

손바닥만한 유리창 너머 들여다보던 햇살로

윤기 있게 꿈을 만지고 있는
첫사랑의 여인

고운 꽃향기로 빗어 넘긴 머리카락
어깨 위엔 꽃잎처럼 수줍음이 얹혀있고
치맛자락엔 하느작하느작 계절 지난 잎사귀가 쓸리고
고매한 상념 눈 시리게 빛나는 이마

담에 꽃집을 차렸으면 좋겠다는 그 가을의 여자
따뜻한 미소가 다소곳하게 꽂혀 있는
꽃집

—「꽃집」 전문

　꽃, 그보다도 더 오래오래 이쁜 손과 얼굴이 웃는다. 그 웃음은 언제까지나 유행가로 흐를 듯하다. 은자한 빛살을 품고 은은한 맘결로 꽃을 보담는 언제나 소녀 같은 손결이 곱다. 담쟁이가 창을 오르고 오갑천이 흐르고 그 안에 첫사랑이란 참 설렌다. 현실이란 덫이다. 그래서 긴장하지만 장미동산 아래 앞길로 들어서는 은은한 빛살이 번지는 은빛의 미소가 피어나는 꽃은 향기도 수줍다.

그대 발길 어디로 향하는가?
북진(北進)하는 냇물아
서쪽 바다로 아리물 천리 여정 나서며

촉촉하게 적시는 곳곳마다
숨겨진 마을 풍경 담고
숱한 이야기를 품고

그대 발길 기억하는가
오래전 떠나온 고향 같은 마을
해마다 찾아오는

황산에서 멈췄던 동학의병 함성들
단비고개에 울렸던 총성들
무기금광 황홀했던 일장춘몽들

옷자락에 짙은 향수(鄕愁) 흩날리고
물결 따라 들꽃 향기 퍼지고
냇가에 선 시비(詩碑), 발걸음 멈춰 세우고

한남금북정맥 그 맥을 따라 오르는 물길이다

―「웅천」 전문

오른다. 욕망이 오르는 길이라면 음천이라는 이름에서 그 용맹스러운 꿈을 보여주는 물길, 백야와 육령과 무극의 수로가 만나서 북으로 향하는 길, 거기서 수리수리 마수리 재수가 트는 물소리에 귀를 기울인다. 물길 따라 펼쳐지는 향토의 운율이 시로 흐르는 음천에는 여유로움이 있어 물결도 고요하다. 그만큼 힘을 비축하고 때를 기다리는 줄기가 물빛을 푸르게 낸다. 물살은 오늘을 사는 맑은 표정의 공간이다. 물은 정밀한 줄기로 흘러가면서 삶의 교훈이 된다.

　　새벽이 달아난 쪽으로
　　뒤따라가는 레일
　　실개천과 나란하게 뻗은
　　사다리 같은 철로 위를 오르는 열차
　　깃발처럼 그리운 손짓으로 세우리
　　추억의 그 사람과 얼굴을 마주 보며
　　밤새워 여행을 떠나리
　　무료했던 하루 여행은
　　하차하는 그의 지친 발걸음에
　　어둑어둑 채이고
　　내리막으로 사라져간 열차를 따라
　　발그레한 노을이 뒤쫓아가고

　　－「음성역에서」 전문

기차, 그렇게도 고향 한 번쯤 벗어나 보려고 역전을 서성대던 그때의 그 사람들이 스치고 지나간다. 역전은 언제나 새로운 걸음걸이를 보여주었다. 아픔 슬픔 기쁨이 교차하는 역전, 그 기찻길처럼 서로 만날 수 없었지만 멀리서 바라보면 기어코 만날 수 있는 점 하나가 기적을 울리고 설레는 발을 재촉했다. 꿈 그 점 하나 그 점을 한자리로 모으고 달려온 나날, 가는 것과 오는 것을 순리로 바라볼 때 이별의 아픔은 없을 거라는 순응을 배운다.

3. 그늘은 싹을 틔운다

고향, 본새는 그리움 진 사랑이다. 아끼고 다듬고 챙기는 희뿌연 동녘인가 하면 그새 해가 떠올라 하루를 인도한다. 그 해를 바라보며 거니는 날 점점 뒤 그림자가 길다가 앞 그림자가 길어지는 그 안에서 나를 찾는다. 고향길이다. 살아가면서 마음을 담은 터 그곳이 고향이다. 삶터를 내주는 발의 자리를 사랑한다.

음성(陰城)은 늘 생성이다. 어둠인 그늘은 싹을 틔운다. 물은 흘러 남쪽으로 흐르고 산맥은 뻗어 북쪽을 향하는가 하면 다시 고개 하나 넘어가면 물은 흘러 북쪽으로 물은 흘러 남쪽으로 가는 천혜의 땅 음성(陰城), 여기서 머물지 않을 수가 없다. 이 땅이 세계로 도약하지 않을 수가 없다.
아봉(雅鳳) 시인은 여기서 '음성에서 살며'를 시로 읊는다.

고분고분한 어머니를 닮은 고을
호랭이반도에 자궁 같은 마을
음성에 들어와서
살지유

산은 낮구 들판은 넓구
물은 항시 마를 줄 몰라
언제나 먹을 건 넉넉허구유
인정은 푸근허쥬

곳곳으로 생기를 발산하는 동네
전국 사방을 반나절이믄 가는 곳
음성에서 사니
좋아유

─「음성에서 살며」 전문

그래, 좋다, 좋아, 좋구나! 그 이상 무엇으로 표현할까?
한 번씩 불러주는 이름에서도 살은 꽃피는데 그 이름을

기록하고 쓰다듬으니 십자가를 세우고 새벽마다 기도하는 애향심에 손을 모아 감동한다.

아봉(雅鳳) 김진수 시인 그가 자랑스럽다. 지역의 고장 이름 하나하나 그 유서에 담긴 뜻을 헤쳐 펼치는 아람 진 아름다움에 으쓱한다. 따가운 햇살 속에서도 그늘이 있고 그늘 안에서도 햇살이 비쳐 편히 쉴 수 있는 음성(陰城), 음양(陰陽)이 어울려 태어나는 물의 속이 밝아 불이 있고, 솟아나는 불 속이 어두워 물이 있는 조화로움이 세계로 향한 기운이다. 음성(陰城)의 향토 시로 오랜만에 고향을 새기고 돌아보며 촉촉하게 노래한다. 주님 앞에서 새벽을 여는 아봉(雅鳳) 시인의 문운을 기도한다.

시비와 시

돌아가고 싶어요

-금왕읍 백야리

돌아가 살고 싶어요
하얗게 밤 깊어가는 마을로
몇십 채 가구를 휘둘러 감은
산그늘의 서늘한 옷자락
맑은 수면 속에 던진 낚싯바늘에 처억 걸어놓고
나 돌아가고 싶어요
새로 들어선 정자 추녀는
굽이굽이 휘어진 호숫길
달려온 발걸음을 잠시 불러 세워
한 잔 목축이라 권하며
돌아가 살고 싶어요
피난골 골짜구니를 찾아
분주한 일상에서 빠져나온 이들에게
넘치지도 모자라지도 않게
정이 감도는 흰 벌판으로
나 돌아가고 싶어요

아금바위

금왕향토시인 아봉 김진수

현대문명의 이기
음성~생극 간 4차선 도로를 멍에로 짊어진
정진말과 바드실 마을 뒷덜미
갸름한 골짜기 기슭 중턱에는
서너 평 됨직한 아금바위
시름에 잠긴 채 턱을 괴고 있다
끔찍했던 전쟁의 아픔, 명섭이 형 호연지기
꾸욱 찍어놓고
끊어진 인적을
새삼 미련 떨며 기다리는 거니?

이낀 바위 위에서
온종일 햇살은 홀로 놓고 있었다

⚠ 금왕(제천)휴게소

120

아금바위

현대 문명의 이기가
음성–생극 간 4차선 도로를 멍에로 짊어진
정진말과 바드실 마을 뒷덜미
갸름한 골짜기 기슭 뒷산 중턱에는
서너 평 됨직한 아금바위 시름에 잠긴 채
턱을 괴고 있다

끔찍했던 전쟁의 아픔
명섭이 형 호연지기
꾸욱 찍어놓고
끊어진 인적을
새삼 미련 떨며 기다리는 거니?

이끼 낀 바위 위에서
하루 종일 햇살은 홀로 놀고 있었다

백야산책로
-장미마당으로-

아봉 김진수
금왕향토시인

산이 높을수록 그늘은 짙고
골이 깊을수록 사연도 많다

보현산에서 소속리산으로
병풍처럼 둘러쳐진 산잔등

오솔길의 아기자기한 정담
하늘마당에서 자근자근
장미동산에서 소곤소곤
햇살로 피로를 씻는다

이 산 저 산, 이 골 저 골
멧새 사랑은 분주하고
돌계단 바위에 걸터앉아
오밀조밀 들꽃 화음에 젖는다

백야 산책로

−장미마당으로

산이 높을수록 그늘은 짙고
골이 깊을수록 사연도 많다

보현산에서 소속리산으로
병풍처럼 둘러쳐진 산잔등

오솔길의 아기자기한 정담
하늘마당에서 자근자근
장미동산에서 소곤소곤
햇살로 피로를 씻는다

이 산 저 산, 이 골 저 골
멧새 사랑은 분주하고
돌계단에 걸터앉아
오밀조밀 들꽃 화음에 젖는다

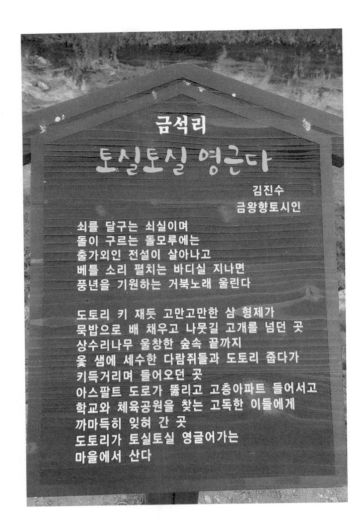

금석리

토실토실 영근다

김진수
금왕향토시인

쇠를 달구는 쇠실이며
돌이 구르는 돌모루에는
출가외인 전설이 살아나고
베틀 소리 펼치는 바디실 지나면
풍년을 기원하는 거북노래 울린다

도토리 키 재듯 고만고만한 삼 형제가
묵밥으로 배 채우고 나뭇길 고개를 넘던 곳
상수리나무 울창한 숲속 끝까지
옻 샘에 세수한 다람쥐들과 도토리 줍다가
키득거리며 들어오던 곳
아스팔트 도로가 뚫리고 고층아파트 들어서고
학교와 체육공원을 찾는 고독한 이들에게
까마득히 잊혀 간 곳
도토리가 토실토실 영글어가는
마을에서 산다

금석리-토실토실 영근다

-금왕읍 금석리

쇠를 달구는 쇠실이며
돌이 구르는 돌모루에는
출가외인 전설이 살아나고
베틀 소리 펼치는 바디실 지나면
풍년을 기원하는 거북노래 울린다

도토리 키 재듯 고만고만한 삼형제가
묵밥으로 든든히 배 채우고 뭇길 고개를 넘던 곳
상수리나무 울창한 푸른 숲속 끝까지
옻샘에 세수한 다람쥐들과 도토리 줍다가
키득거리며 들어오던 곳
아스팔트 도로가 뚫리고 고층 아파트 들어서고
학교와 체육공원을 찾는 고독한 이들에게
까마득히 잊혀져 간 곳
도토리가 토실토실 영글어 가는
마을에서 산다

수리울 벚꽃 연가

-생극 차곡-

아봉 김진수 시인

내가 자란 마을은
진달래 산벚꽃 피는 수리울
장고개 넘어 장에 가신
아부지 기다리며
건넛마을 아저씨 댁에서
고추 먹고 꽃잎 따먹으며 맴을 돕니다

수리산 올라 근심 털어내고
전설 솟아오르는 샘물에 발 씻고
상여바위 안아 내려다보니
까마귀 서럽게 우는 오얏골
여옥이 몸을 던진 여기소 푸른 물에
하얀 벚꽃 잎들이 맴을 돕니다

음성군

수리울 벚꽃 연가

-생극면 차곡리

내가 자란 마을은
진달래 산벚꽃 피는 수리울
장고개 넘어 장에 가신
아부지 기다리며
건넛마을 아저씨 댁에서
고추 먹고 꽃잎 따먹으며 맴을 돕니다

수리산 올라 근심 털어내고
전설 솟아오르는 샘물에 발 씻고
상여바위에 앉아 내려다보니
까마귀 서럽게 우는 오얏골
여옥이 몸을 던진 여기소 푸른 물에
하얀 벚꽃 잎들이 맴을 돕니다

그 음성을 향해

김진수 지음

발 행 처 · 도서출판 청어
발 행 인 · 이영철
영   업 · 이동호
홍   보 · 천성래
기   획 · 남기환
편   집 · 방세화
디 자 인 · 이수빈 | 김영은
제작이사 · 공병한
인   쇄 · 두리터

등   록 · 1999년 5월 3일
(제321-3210000251001999000063호)

1판 1쇄 발행 · 2022년 10월 31일

주소 · 서울특별시 서초구 남부순환로 364길 8-15 동일빌딩 2층
대표전화 · 02-586-0477
팩시밀리 · 0303-0942-0478

홈페이지 · www.chungeobook.com
E-mail · ppi20@hanmail.net
ISBN · 979-11-6855-085-8(03810)

충북문화재단
Chungbuk Cultural Foundation

이 책은 충청북도 충북문화재단의 후원으로
문화예술 육성지원사업의 일환으로 지원받아 발간되었음